さては南京玉すだれ

三島 好雄
Yoshio Mishima

文芸社

さては南京玉すだれ

ついに柳井まつりの本番の日がやってきた。山口県立柳井津高校三年の島田《しまだ》昭《あきら》は、頭に紫の投げ頭巾、青い縞柄の着物、橙色の袖なし半纏、群青色の四角の紋の入ったたっつけ袴という昔の飴売りの衣装を着て、山口県柳井市の観光名所である白壁通りのイベント広場に立っていた。

開演時刻は正午。刻一刻と出番が近づいてくる。舞台が作ってある駐車場には、だんだんと見物客が集まってきた。手鏡で自分の顔を見た。鏡の中には、たっぷりとおしろいを塗られ、頬にピンクのワンポイントが入った別人がいた。

ここまできては「私は誰？　ここはどこ？」とふざけて逃げるわけにもいか

ない。舞台の下から周りの見物客をずっと見渡す。極度の緊張から突然、昭の視界の映像から音声が消えた。音のない映像をスローで再生しているようだ。

「さあ、次はいよいよお待ちかね。高校生大道芸人の島田昭君による南京玉すだれです。盛大な拍手をどうぞ！」

という司会の声で、音声がよみがえった。

「さっ、島田君どうぞ」

と促され、事前にピンマイクをお願いしていたにもかかわらず、直前になって、

「ピンマイクは用意していません」

と業者から言われたので、仕方なく柳井津高校一年で、弁論部の後輩の栗原《くりはら》和子《かずこ》さんにマイクを持ってもらい、昭は南京玉すだれを持って舞台の下に立った。玉すだれは、観客とのやりとりを楽しむため、舞台上ではなく舞台の下で行う。見物客の好奇と期待の入り混じった視線が昭を刺す。瞬間、今度は頭の

中が真っ白になった。時間は止めようにも止められず、ゆっくりとだが、確実に流れる。

「近頃、京、大阪、花の大江戸、この柳井津《やないつ》にて流行り来たるは、唐人、阿蘭陀《おらんだ》、南京無双玉すだれ。竹なる数は三十と六本、糸の数は七十と二結び、この竹と糸との張り合いを持ちまして、神通自在に操ってご覧にいれます」

頭の中は真っ白なのに、口上は意識の底に眠る前世の記憶が突如甦ったように淀みなく出た。実演に入る。

「アさて　アさて　アさてさてさてさて　さては南京玉すだれ。周防《すおう》の東大畠《ひがしおおばたけ》名に負う鯛の漁《りょう》どころ　ちょいと伸ばせば」（玉すだれを釣り竿のように伸ばす）「ちょいと伸ばせば　ちょいと伸ばせば　浦島太郎さんの魚《うお》釣る竿にさも似たり　浦島太郎さんの魚釣る竿がお目に留まれば元へと返す」

「アさて　アさて　アさてさてさてさて　さては南京玉すだれ。ちょいと伸ば

せば　ちょいと伸ばせば　ウルトラマンのスペシウム光線に早変わり（ウルトラマンの頭の部分のかぶりものをし、スペシウム光線のように玉すだれを伸ばす）ウルトラマンのスペシウム光線がお目に留まれば元へと返す」

実演をしているうちに、真っ白で何も見えなかった頭の中の映像回路がだんだんと回復し、見物客を見る余裕が出てきた。おっ、学年のマドンナの殿山美《とのやまみ》佐子《さこ》が見ている。こいつのおかげでこんな目に遭っているのだから見に来て当たり前か。げっ、生徒相談室の中島《なかじま》先生まで見に来ている。知り合いと思われるのがいやだから、絶対に見に来ないと言っていたのに。こうなるともうこっちのほうが恥ずかしい。

しかし、大学受験が近いというのに、なんでオレはこんなところで、こんなことをやっているのだろうか。悪い夢が目が覚めてからも続いているようだ。いや、これは現実のようで実は夢なのかもしれない、と昭は思った。

さては南京玉すだれ

島田昭の高校生活は、とびっきり楽しい日々と、めちゃめちゃに落ち込む苦悩の日々が、まだら模様のようにちょうど半々の割合を占めていた。元来、どちらかといえば明るい性格で、曲がったことや、頭から抑圧されることが大嫌いだった。

小学生の時は、水俣病を描いた漫画を読んで感動し、その内容を壁新聞にしてクラスの掲示板に貼り出したこともあった。この頃の昭の人生観は、世の中は善と悪があり、将来は新聞記者になって、世の中の不正を糺したいと思っていた。ただ、何をやっても熱しやすく冷めやすいのが欠点。付き合う女の子とはいつも結婚するつもりでいた。ガキ大将に反抗し、最後の一年間は完全に仲間はずれにされた。

中学生になってからは、野球に打ち込んだ。初恋は中学一年の時だ。葵《あおい》という名前の少し背の高い、おしとやかな女の子だったが、自分から好きだと言えるような度胸はなかった。ある時、病弱でずっと学校を休んでいた美人の女の子が初めて中学校へ登校してくるというので、全学年が騒然となった。

「すごい美人らしいぞ」

という噂がたちまち男子生徒の間に広まった。その女の子が廊下を歩いてくると、昭を除く男子生徒全員が、廊下沿いの窓から一斉にその女の子を覗き込んだ。たしかに美人だったが、昭には初恋の人のほうが輝いて見えたので、その女の子にはあまり興味がなかった。

ところが、しばらくしてその美人の女の子から昭に一通の手紙が届いた。

「文通をしてください」という内容で、昭は興味はなかったものの、断る理由もなかったので、文通を始めた。毎日手紙のやりとりをした。手紙を書くようになって、ミミズのような昭の字も、他人が見ても読める字に変わっていった。

「私は台風が好き。台風がやってくると、どんなに海が荒れていても海岸へ行き、嵐の景色を眺めるの」

という美人の女の子の文面を読んで、昭は病弱な女の子の中に秘められている激しい気性を垣間見た。文通の手紙の数はすぐに百通を超えた。便箋を用意するのもたいへんだし、二人の思いを比べて読みたいということで交換日記に変えた。この頃から美人の女の子の、昭の初恋の人に対する攻撃が始まった。

「葵さんはね、あんなにおしとやかな顔をしているけれど、周りが女の子だけだと大きな口をあけて焼き芋を食べているのよ」

「いつもはおとなしそうだけれど、本当はね、よくしゃべるのよ」

など、初恋の女の子のイメージダウンを狙った文章を書き連ねるようになった。

　昭のほうも、そんな悪口に影響されたわけではないが、毎日熱心に手紙や日記を書く女の子に自然と惹かれていった。下校前、昭が自転車置き場の掃除をしていると、その女の子が通りかかったことがあった。目と目が合うと、かーっと頭に血がのぼり、昭は動けなくなった。女の子も昭を見て顔を赤らめ、同級生が囃し立てる中、うつむきながら自転車を押して昭の前を通り過ぎた。すれ違う瞬間、お互いの惹かれ合う恋心が共鳴した。手も触れたことはなかったが、お互いの心は通じ合い、ひとつであることが実感できた。

またその頃、別の女の子から昭の自宅にラブレターが届いた。昭にすれば、この時は美人の女の子と付き合っているという自覚があったので、やんわりと断った。

中学二年の夏休みの前、大きな転機が訪れた。夏の中学野球の県大会予選が終わり、夏休みを過ぎればいよいよ新人戦でエースピッチャーとしてマウンドに立てるという直前、昭は練習でボールを投げすぎて肘を壊してしまった。医者は、このまま野球を続けると腕が動かなくなる、と言う。あともう少しなのに。野球にすべてを懸けていたのに。大好きな野球ができない。一週間、ベッドで泣いた。

昭はその時の辛い思いを交換日記にぶつけ「会いたい」と書いたが、美人の女の子の反応は意外にも冷たかった。野球ができなくなった昭にはもう興味がなくなったのだろうか。「交換日記はやめましょう」と言われ、それでふたりの恋は終わった。文通を申し込んできたのは美人の女の子のほう。そして、やめましょう、と言ってきたのも美人の女の子のほうだった。

野球生命を絶たれたあげく、交際していた女の子にも見捨てられ、うつむいていた昭を励ましてくれたのが、以前ラブレターをくれた女の子だった。「元気を出して」と励まされ、自然と交換日記が始まった。しかし、この女の子も、自分から去っていった。付き合ってくれというから付き合ったのに、いつも別れを切り出すのは付き合ってくれと言った女の子のほうだった。こちらがいくら泣き叫んでも、女の子は一度決めたら絶対に振り返ってくれない。女の子というのは、なんて身勝手な生き物だろうか、と昭は思った。

高校に入ってからは心機一転。新聞部に入部し、学校新聞づくりに励んだ。

こちらが好意を抱かなければ、どんな女の子とも気軽に話ができた。しかし、ひとたび好意を持つとそういうわけにはいかない。登校途中、昭は好みのかわいい女の子を見つけ、運よく交際を始めた。交際中「私を捨てないでね」と言ったその女の子は、二年生になって進学クラスに入った途端、「勉強が忙しくなったからもう会えない」と一方的に昭から離れていった。「私を捨てないでねと言ったお前がこの俺捨てた」というような歌詞の演歌があったが、その歌のとおりになってしまった。

どうしてもその女の子が忘れられなかった昭は、友達の家から電話して再び交際を申し込んだが断られ、その場で初めてビールを飲んだ。さんざんに酔っ払い、酔いを醒ますために外に出たところを偶然通りかかった高校の先生に見つかってしまい、一週間の停学処分を受けた。

人生を変えたい、と思った昭は、家出を計画したこともある。かばんと学生服をベッドの下に投げ入れ、着替えとほんの少しの金を持って、柳井港からフェリーに乗り、愛媛の松山に向かった。松山で仕事を探して就職し、自活しようと思った。初めて乗ったフェリーの速度は遅く感じられた。ウトウトしては目が覚め、デッキに出て海を見ると、シロタと呼ばれるクラゲの大群が海面を泳いでいた。三津浜港からバスに乗ったが、バスの運転手の松山弁を聞いて、高校生の昭は「ああ、自分はついに異国に来た」と感じた。松山市で仕事を探したが見つからなかった。最悪の場合はＪＲの松山駅から電車に乗って横浜の親戚のところへ行こうと思い、ＪＲ松山駅を探したがこちらも見つけることができなかった。せっかく松山まで来たのだからと松山城を見学した。その帰りに、サラリーマン風の男に呼び止められた。

「私は衣料品メーカーに勤めている者ですが、工場から間違って背広を多く持ってきてしまい、持って帰れないので、いくらでもいいから買ってもらえませんか」

「別に背広はいりません」

そう昭が断ると、

「あなたが着なくても、これを質屋へ持っていけば高値で買い取ってくれますから」

と言われ、帰りのフェリー代を除く所持金を渡した。それから昭は初めて訪れた松山の町で質屋を見つけて買った背広を見せたが、質屋の主人は背広を手に取るなり「これは駄目ですね」と言って相手にしてくれなかった。三軒目の質屋で、「どうして駄目なんですか」と昭は聞いた。

「よく見てください。白地の生地を黒糸で縫ってあるでしょう」

質屋の主人に言われてよく見ると、たしかに白地の生地が黒糸で縫われていた。昭はこの時初めて自分が詐欺に遭ったことに気づいた。これで万策尽き、残った金でフェリーに乗り、「昭がいなくなった」と大騒ぎをしている自宅へ帰った。

二年生になり、昭は新聞部の部長になった。精力的に企画を立て、取材をした。高校学習雑誌の特集に載っていた「優等生」というテーマに着目し、学校新聞でも「優等生とは何か」という企画を立てた。ＪＲ柳井駅の構内で他校の生徒にもインタビューを試みた。私立高校の生徒にテープレコーダーのマイクを向けると、「わりゃあ、生意気な奴じゃの」と言われて殴られそうになったこともあった。文章をまとめ、顧問の山田《やまだ》先生に見せたところ「このままの原稿内容では過激すぎて校内新聞には掲載できない」と言われ、昭がもっとも言いたかった文章は検閲で全部カットされてしまった。

できあがった新聞を見ると、当たり障りのないものに変えられていた。昭の企画の意図はまったく無視され、人畜無害の内容になっていた。どんなに頑張って取材をし、文章を書いても、先生の検閲で内容が変えられるのなら、新聞を作る意味がない。無力感が昭を襲い、新聞作りの熱意は失われた。

そんな頃、新入部員の同級生の女の子が「島田君がいる新聞部だったら入りたくない」と言い出し、同級生の男の部員からも「女の子が嫌がっている。おまえ、新聞部をやめてくれ」と言われた。「何を言うかこの野郎！　部長はオレだぞ」と言いたかったが、その女の子が以前昭が交際を申し込んだことがある女の子であったことと、新聞作りへの熱意が失せたこともあり、昭はこれを機会に新聞部をやめることにした。

その後は、軟式野球部、美術部、文芸部と渡り歩いたが、全部途中でやめた。この頃から昭は、

「島田はいつもうつむいてばかりいるので、遠くから見ても誰だかすぐわかる」

と、同級生から言われるようになった。昭の顔からだんだんと表情が消えていった。油断をすると、心の割れ目から女の子との思い出や未練が噴出してきて昭の心を苛んだ。その懊悩は、川の流れのように流れ出し、絹のスカーフのようにまとわりついて昭を苦しめた。最初は短時間であったが、日が経つにつ

れ、苦しむ時間が長くなった。ベッドに顔を埋め、ウウッという呻き声を上げながら、懊悩が自分の体の中から立ち去ってくれるのを待つしかなかった。

体は懊悩のなすがままで、その苦しみは確実に死を志向していたが、心は「なんとかしてこの苦しみから脱したい」ともがき、救われることを求めていた。

そんなある日、昭は本屋でデール・カーネギーという人が書いた『道は開ける』という本を見つけた。「How to stop worrying and start living」という本の翻訳版だ。これだ！　と思った昭はすぐにその本を購入し、一日で読破した。

まず笑顔を取り戻したいと思っていた昭は、

「笑顔がない人は、たとえ楽しくなくても笑顔を作っていると、笑顔が定着してきて、やがては本当の笑顔が甦ってくる」

という箇所に赤線を引き、一週間そのとおりに実践した。すると、たしかに笑顔は定着したが、逆に心にぽっかりと空いた空洞の存在が浮き立ち、心の中を吹き抜ける冷たい風がこれまで以上に身にしみるようになった。

心理学ではだめなのか、と思っていた矢先、一年上の三年生にとても笑顔のすてきな人がいるのに気づいた。中村《なかむら》というその先輩は、善良さと温かさが心の底からにじみ出た、心癒される笑顔の人だった。

「どうしたらそんなにいい笑顔ができるのですか」

と昭が聞くと、中村先輩は日曜日にキリスト教の教会へ連れて行ってくれた。パンの耳を食べるようにと差し出されたが、昭はちょっと不潔な感じがして食べなかった。自分も救われたかったが、昭はその教会に行って中学時代の同級生のことを思い出した。

昭とは違い、今日はどの高校を締めるか、と言いながら喧嘩ばかりしている硬派の友達だ。ツッパリの塊のような彼だが、集まるとすぐに、

「何かええことないかのう」

が合言葉のようになっていた。

「自分も救われたいが、この友人もなんとかしてもらえませんか」

と昭は中村先輩に頼んでみた。中村先輩は、ちょっと相談してみるから、と言ってくれたが、一週間後の返事はこうだった。

「われわれは相手が心を開いてくれなければどうすることもできない」

グレて喧嘩ばかりしているような人間が、自分から心を開くわけがない。その固く閉ざされた心を開き、導いていくのが宗教の使命ではないのか。相手が心を開いてくれなければどうしようもない、というのは宗教の使命の放棄ではないのか。昭の純粋な心は、中村先輩の笑顔の裏に偽善を感じ、それ以後は教会に行かなくなった。

心理学も駄目。宗教も駄目。自分はいったい何で救われるのであろうか。人生には善と悪とでは割り切れない不可解な問題が山積している。悶々とした日々を過ごしていた昭だが、ついに苦悩を抜け出るチャンスが訪れた。

それは、授業が終わったあとの教室での出来事だった。昭がかばんに教科書を詰めて帰ろうかと思って横を見ると、普段は元気者の松林がなんと泣いているではないか。いつもアッケラカンとして、まったく悩みなどないといった感じの松林が、である。

「松林、どうしたんか」

「……女にふられた」

女にふられた？　お前が？　ほいで泣きよるんか。

「ほりゃあ、いけんかったのう。お前の辛いのはようわかる。相手は誰か。オレが間に入っちゃろうか。元気出せいや」

その時、声をかけた昭の心に、変化が起こった。心の中に涙があふれた。その涙は、これまでのような苦しみの涙ではない。苦しむのは自分だけでいい。目の前で苦しんでいる友達をなんとか助けたい、という願いがもたらした心地よい慈愛の涙だった。

これまで昭は女にふられて悩んでいるのは自分だけだと思っていた。しかし、目の前には自分と同じ悩みを抱えた友達がいる。友達の苦しみがよくわかる。なんとかして苦しみを取り除いてやりたい、と思った分だけ昭の苦しみは軽くなった。友達の悩みを聞き、相談に乗った分だけ昭の懊悩は弱まった。友達の悩みについてもっと知ろう。そう思うと力が湧き、荒れ果て、干からびた昭の心は次第に癒されていった。

三年生になると、昭は大学の受験勉強に没頭した。睡眠時間を削り、勉強方法も工夫した。志望は私立の文系。大好きな英語と社会、国語の三科目の勉強に集中した。英語は『英文解釈千題』という問題集を買い、一問にたっぷり三十分をかけ、丁寧にやった。掲載してある問題は、東京大学など一流大学の入試で実際に出た問題ばかり。十行くらいある英文のキーワードにはこれまで見たこともない単語がたくさんあった。そのわからない単語の意味を、前後の文脈から想像しながら和訳していった。最初の一週間はまったく解答できなかったが、回数を重ねていくうちに正解率が上がり始めた。一ヶ月経った頃にはどんなに見たことがない単語が出ても、想像力だけで英文を訳せるようになった。昭はこの方法を「想像式英文解釈法」と名付けた。この勉強方法の効果は絶大で、英語だけは校内模試で初めて十番以内に入ることができた。

気の合う仲間もでき、弁論部に入った。入った、というよりは、作ったと言ったほうが適当かもしれない。その弁論部で自分の思いを綴った脚本を書いて文化祭で演劇を上演した。主役には、日大芸術学部志望の古山寛《こやまひろし》を起用。その他の俳優には、二年生で弁論部の女性部長の山崎初江《やまざきはつえ》さんや一年生の栗原和子さんらを起用した。なんで弁論部が演劇をするのか、という批判には、

「何も演説をするだけが弁論ではない。演劇という表現形式を借りて表現したほうが、より相手に伝わるということもあるじゃないか」

と煙に巻いた。

文化祭での公演は大成功。部室代わりに使わせてもらっている生徒相談室で菓子を食べながらみんなで公演の打ち上げをしていると、同級生の間でマドンナと呼ばれている殿山美佐子が、突然生徒相談室にやってきた。

「島田君、いますか」

「島田先輩に何か用事ですか」

栗原さんが珍しく口を尖らせたが、殿山はまったく意に介せず、ずかずかと生徒相談室に入り込み、昭の前に立った。昭は、今まで殿山の顔をじっくりと見たことが一度もない。軟式野球部にいた頃、殿山と一緒の中学校だった友達が、

「美人の殿山の家に連れて行っちゃろうか」

と言うので、興味半分に見に行ったことがあった。

「あれが殿山さんの家ど」

教えられた家を見ても単なる普通の一軒家であり、昭にはちっともありがた

くなかった。同級生の中で一番美人と言われていた殿山と自分に接点があるわけがない、と思っていたからだ。しかし今、自分の目の前に立っている殿山を見ると、同級生で一番美人、という評価はまったく正当であることがわかった。

涼しげな目元はいつも微笑を含んでいるようで、見る者にどこかモナリザに通じる美しさを感じさせた。しかし、昭の女の子の好みの基準は「美しい」よりも「かわいい」であったので、殿山が急に現れてもクラクラすることはなかった。

「いやあ、島田君たちの演劇、すごくよかったわよ。最初は弁論部が劇をやるっていうから、いったいどんな劇をやるのかと思ってたけど、私感動したわ」

殿山のこの言葉に応じたのは古山だった。

「そうじゃろう。面白かったろう」

しかし、殿山は古山には目もくれない。

「ところでね、私が今日島田君に会いに来たのはね、ちょっとお願いがあって来たんだ」

「なんですか、お願いというのは」と、聖母マリアの前のキリスト教徒のようにへりくだって昭が聞いた。

「実はね、私のおじさんが商店街の役員をやっているんだけどね、今度十一月二十三日にある柳井まつりに協力してくれって言われたの。何をやるのかって聞いたらね、白壁江戸祭りというイベントで、水戸黄門の寸劇や大道芸をやるんだって。でもね、人手が足りないから、高校生で誰か手伝ってくれる人を探してくれって頼まれたの。文化祭での島田君たちを見て、こりゃ頼まなくちゃと思ったんだけど、協力してくれない？」

　殿山は少し甘えるように言った。

　協力したいのは山々だが、受験勉強があるから、と昭が断ろうとすると、

「ええ話じゃねえ。せっかく盛り上がってるんだから、協力してやろうよ、島田」と古山が先に言った。

「ええ、古山君、ありがとう。手伝ってくれるん。わあ、うれしい。島田君と古山君のほかにも、部長さんと一年生の、えっと誰だっけ」

「栗原ですっ」

「ああ、栗原さんね。あなたたちも手伝ってね。わあ、よかった。島田君ありがとう」

殿山はうれしさのあまり、という様子で昭の右手を両手で包むように握りしめた。ビビッと昭の体に電流が流れた。昭の魂は殿山に吸い取られてしまった。

「おじさんが話がしたい、って言うから、一度おじさんの店に来てくれないかしら」

そう殿山に誘われ、昭はＪＲ柳井駅前から北に伸びる麗都路《れとろ》通りの路地裏にある喫茶店「アマンド」に立ち寄った。入口のドアを開けると、すぐに声がかかった。

「島田君、こっちこっち」

見ると、私服の殿山が手招きしている。制服の殿山しか見たことのなかった昭の胸が、ドクンと音を立てた。

「おじさん、島田君が来たわよ」

と殿山が言うと、メガネをかけ、白髪雑じりのちょび髭を生やしたマスター、更科良夫《さらしなよしお》さんが奥から出てきた。マスターは、昭の顔を見るなり、大きな声で言った。

「あんたが島田君か。頼むでえ」

「祭りは嫌いじゃないんですが、ぼくはいったい何をしたらいいんですか」

「寸劇のほうは人数が揃うたけえ、あんたは大道芸をやってくれんかね」

昭が知っている大道芸といえば、以前テレビの特番で有名なコメディアンが演じていた南京玉すだれくらいのものであったので、それを伝えた。

「そう、それよ。南京玉すだれ。視察で日光江戸村に行った時、製造実演販売してたので一つ買って帰ったんだが、練習してもできない。あるのは玉すだれと口上書、見本写真の三点だけなんだが、できるかな」

マスターは無茶なことを言ってくる。

即座に「できません」と言おうとした昭の背中から、「島田君なら絶対できるよね」と殿山が口をはさんだ。

殿山は、昭の背中にぴったりと体をつけながら、あらためて「島田君、で・き・る・よ・ね」とささやいた。石鹸のような、香水のような甘い香りが昭の鼻をくすぐった。殿山のやわらかい胸の感触が、昭の神経を背中に集中させ、とろけさせた。ええい、もうどうにでもなれ。

「やってみます」

昭は小さな震える声でマスターに言った。

マスターから南京玉すだれ、口上書、見本写真の三点セットを受け取って、昭は自宅に帰った。初めて手にした玉すだれは、ずっしりと重く感じられた。どういう仕組みになっているのか見てみると、直径六ミリ、長さ三十三センチの竹を四十六本、蝋引きの糸で互い違いに結び、一方向だけに伸びるようになっている。うまいことできてるなあ、これを最初に考えた人はよっぽどの天才か遊び人だろうなあ、思えばなまこを最初に食べた人は勇気があったことだろうなあ、と感心してばかりはいられない。これからこの南京玉すだれを覚えなければならないのだ。しかし、なんでこんなことになったのか。受験勉強があるのに。殿山がオレに好意を持っているわけはないのに。いや、あるかもしれない。いや、ないだろうなあ。でも、南京玉すだれは面白いかもしれない。まっ、騙されたと思ってやってみるか。

見本の写真と口上書から判断して、玉すだれの技は「釣竿」「橋」「門《もん》」「炭焼き小屋」「そば屋の看板」「後光《ごこう》」「魚」「東京タワー」「日米国旗」「しだれ柳」の十種類。

このうち、「釣竿」は、一方向に伸びる玉すだれの性質をそのまま利用しただけの単純な技なので簡単にできた。玉すだれの束をつかみ、前に振り出すと釣竿ができる。しかし、やってみてわかったことは、伸ばすのは容易だが、元に戻すのが難しいことである。

「橋」は、印のついた側を手前にし、左手で支える基本形から、右手で糸に緊張感を持たせて右側に開くとできあがり。しかし、あまり伸ばしすぎると、あとに出てくる「後光」と見分けがつかなくなるので、いかにコンパクトに橋げたの部分を伸ばせるかで、橋の美しさが決まってしまう。しかし、これも少し練習すればなんとかできそうだ。

問題は、次の「門」である。見本写真のような形にするにはどうすればいいのか、まったく見当もつかない。日光江戸村へ行き、目の前で実演を見たという商店街の山根《やまね》さんに教えを請うほかはなかった。その次の「炭焼き小屋」は、門との連続技なので、これも手がつかない。

「後光」は、橋と同じ方法だが、ほとんどすべて伸ばしきるので、元に返すときに気をつけなければならない。

「魚」は、これも門と同じでよくわからない。「東京タワー」は、魚からの連続技なので、魚ができないことには始まらない。

「日米国旗」は最後の「しだれ柳」に続く大技だ。写真を見ると、どうやらちょうど半分のところを折って、折った支点のほうを持てばいいことがわかったが、なかなかスムーズにいかない。

翌日、山根さんにアマンドまで来てもらい、門と魚の作り方のヒントをもらった。山根さんは、

「日光江戸村では一回見ただけじゃけえ、わしもようわからんが、多分こうじ

ゃったかなあ」

と言いながら、玉すだれをこねくり回した。

「門は、そうそう真ん中二本だけ残して、後ろを引っ張ってくるっと回せば……できんなあ。待てよ、こうじゃったかなあ」

山根さんと二人で試行錯誤していくうちに、なんとなく玉すだれの操り方が見えてきた。

りんごの落下を見てニュートンが万有引力の法則を発見したように、ものごとに集中していれば、何かが見えてくる。

「あっ、そうか。いっぺん伸ばしきらないから回らないんだ」

真ん中の二本を残し、残りを引っ張りきれば門ができた。門という字の柱に当たる部分を広げれば炭焼き小屋になった。よし、もう一回やってみよう、と思って再び門を作ろうとしたが、どうしてもうまく動かない。むしゃくしゃして玉すだれを投げ出したい衝動に駆られることもあったが、昭はすでに玉すだれの面白さに取りつかれ始めていた。

魚は、日米国旗と同じように半分から折るが、折ってから持つ位置が違う。折ってから、ゆるゆると玉すだれを伸ばし、魚を作ろうとするが、やるたびに伸びる長さが一定しないため、何度練習しても出たとこ勝負にならざるを得なかった。

昭がアマンドでコーヒーをご馳走になっていると、商店街理事長の君田輝彦《きみたてるひこ》さんがやってきた。

「君が、南京玉すだれをやってくれるという島田君か。二週間後に商店街の会議があるので、それまでにはできるようにしておいてくれないか」

英文解釈と同じくらい玉すだれが好きになっていた昭は、「望むところです」と答えておいた。

動かし方はなんとなく見えてきたが、問題は「口上」である。

「浦島太郎さんの釣竿」はまだわかるが「瀬田の唐橋《からはし》、唐鐘《からかね》擬宝珠《ぎぼし》、擬宝珠《ぎぼし》ないのがお慰み」と言ってもわかりにくい。要するに脚のない橋のことを言えばよいのであるから、柳井市の名物「幽霊橋《ゆうれいばし》」にすることにした。この幽霊橋は、江戸時代、柳井市が塩田で栄えていた頃、その塩田の中央に架かっていた橋で、現在でも南浜の旧日立東京エレクトロニクスの敷地内に残っている。そこで「柳井名物の幽霊橋にさも似たり」とやることにした。

魚は、「目出鯛《めでたい》」でもよかったが、昭が生まれ育った柳井市の東隣の大畠《おおばたけ》町《ちょう》の町民歌の出だしの部分「周防《すおう》の東大畠、名に負う鯛の漁《りょう》どころ」を使うことにした。

さらに、同じ魚で何か子供にも受ける口上はないかと考え、魚の形を作り、「ウルトラマンのスペシウム光線にさも似たり」とやることにした。どうせウルトラマンをやるのなら、その時だけウルトラマンのかぶり物を頭にかぶってやることにしよう。

動かし方と口上は煮詰まってきた。今度は、口上を歌いながら玉すだれを動かす練習だ。

「アさて　アさてさてさてさて　さては南京玉すだれ。ちょいと伸ばせば　ちょいと伸ばせば　浦島太郎さんの魚《うお》釣る竿にさも似たり　魚釣る竿がお目に留まれば元へと返す」

釣竿は無難にできた。

「アさて　アさてさてさてさて　さては南京玉すだれ。ちょいとつまんで　ちょっと伸ばせば　柳井名物の幽霊橋にさも似たり　幽霊橋がお目に留まれば元へと返す」

橋も順調だ。

「アさて　アさてさてさてさて　さては南京玉すだれ。ちょいとつまんで　ちょっと伸ばせば　おらが在所《ざいしょ》の御門《ごもん》でござる　おらが在所の御門がお目に留まれば　お目に留まれば　お目に留まれば」

うまく「門」ができないので、口上が前に進まない。

「アさて　アさて　アさてさてさてさて　さては南京玉すだれ。東海道は五十と三次　中仙道は六十九次《ろくじゅうくつぎ》　あまたの宿《しゅく》になくてならぬは　そば屋の看板そば屋の看板お目に留まれば元へと返す」

これが一番簡単かな。

「アさて　アさて　アさてさてさてさて　さては南京玉すだれ。ちょいと返せば　観音様か釈迦如来　後光に見えればお慰み　お目に留まれば元へと返す」

順調だ。

「アさて　アさて　アさてさてさてさて　さては南京玉すだれ。周防の東大畠名に負う鯛の漁どころ　大畠の鯛がお目に留まれば　東京タワーに　東京タワーに　東京タワーに」

東京タワーが崩れかけてうまくいかない。

「アさて　アさて　アさてさてさてさて　さては南京玉すだれ。ちょいと返せば　日米国旗に早変わり」

ここがうまくいかない。

「日米の国旗がお目に留まれば　しだれ柳に早変わり　しだれ柳に飛びつくカエル　カエルいないがお慰み　アさて　アさて　アさてさてさてさて　さては南京玉すだれ」

ひととおりやってみて、やっぱりできないのは「門」。そして「魚」から「東京タワー」のところであることがわかった。わかったけれども、何度やってもうまくいかない。力任せにやると、糸が切れそうになる。いったいどうすりゃいいんだろう。なんでこんな難しいことを引き受けたんだろう、と昭は少し後悔した。

素人寸劇「水戸黄門」の稽古は、柳井市の醤油蔵で夜、週二回行われていた。弁論部からは二年生で部長の山崎さんと一年生の栗原さん。そして昭の親友である古山が参加していた。主役の水戸黄門役には商店街理事長の君田さん。助さんには商店街の木阪《きさか》さん。格さんには同じく商店街の若手の福久《ふくひさ》さん。悪代官には山根さん。悪徳商人にはアマンドのマスターの更科さん。悪代官の手下の侍には帽子屋の秋田《あきた》さん。悪代官に翻弄される二枚目番頭役は古山。番頭の恋人役のお嬢さんがマドンナの殿山。店の女中役が山崎部長と栗原さん、という配役だ。昭は、せっかく京都の衣装屋から本格的な時代衣装を借りるので、最初と最後のナレーション役をやってくれないかとマスターから頼まれた。ナレーションは原稿を読めばいいだけだというので気楽に引き受けた。

南京玉すだれを持って練習会場の醤油蔵に行くと、出演者が集まって台本の読みあわせをしていた。

「こんばんは」

「おお、島田君。南京玉すだれの練習はええぐらいにいっちょるかね」、と更科さん。

「それがなかなか難しいです」

「難しいのは初めからわかっちょる。商店街の者がさんざん練習したんじゃが、ついに誰一人できんかった。ほいじゃけえ、あんたに頼んだんで。どこまでできたのか、ちょっとやって見せんさい」

「それなら形だけでもやって見せましょうか」

と言って、昭は覚えたての玉すだれの形を作って見せた。

「これが『釣竿』。こうしたら『橋』になるので、柳井にちなんで『幽霊橋』ということにしました。その次が『門』なんですが、これが一番難しくて、あれ、できちゃった。『そば屋の看板』は簡単なんですが、『魚』が難しいんですよ。『後光』は簡単です。最後の『しだれ柳』は少し引っかかるし」

昭は夢中になって玉すだれで形を作って見せた。ひととおりやり終わったので、

「ね、うまくいかんでしょう」

と言って周りを見ると、いつの間にかあたりが静まり返っている。

「島田君、あんたあ、たいした人間じゃのう。よう短期間でそこまでマスターしたのう。あんたは天才じゃ。その調子で頼むでえ」と更科さんが沈黙を破り、いつもよりもさらに高いテンションで言う。

「島田先輩、すごい」と栗原さん。

「島田君、ようそこまで覚えたのう」と山根さん。そして、

「やっぱり島田君はすごいわ。私感動しちゃった。私の目に狂いはなかったわ。ありがとう島田君。頑張ってね」

と殿山が駆け寄ってきて、昭の左腕に抱きついた。

豚もおだてりゃ木に登る。忍法「おだての術」とは露知らない昭は「よし、頑張るぞ」と術中にはまった。

それ以後、昭の集中力はさらに高まり、ときどきひっかかりはするものの、ひととおり口上を歌いながら南京玉すだれの実演ができるようになった。玉すだれの扱い方をマスターするのが第一段階。口上を覚え、その口上に合わせて玉すだれを演じるのが第二段階。そして、第三段階は人前で演じて見せ、度胸をつけることである。

昭は、あらゆる機会を利用して、覚えたての玉すだれを演じて見せた。コンビニの前でも玉すだれをやってみた。店の外で突然玉すだれで釣竿を作ったり、橋を作ったりした。買い物客は遠くから昭を凝視した。危険人物のような目で見られたが、他人から注目され、ヒーローになったたいい気分。マウンテンバイクの大会では、大会の休憩時間中に演じ、大喝采を浴びた。たくさんの人が自分だけを見て、賞讃の拍手を贈ってくれた。実に気分がいいもんだ。こりゃあ、やめられん、と昭は思った。少しくらい失敗してもご愛嬌。商店街の会議でも無難に演じ、よろしゅう頼むで、と君田理事長から励まされた。

しかし、身内に見られるのはさすがに恥ずかしい。弁論部の部室になっていた生徒相談室に玉すだれを持っていくと、まず顧問の中島先生が、

「島田君、南京玉すだれをマスターしたそうじゃないね。見せてくれるんじゃろうね」

と言うので演じて見せた。

「うーん、なかなかたいしたものじゃねえ」

中島先生が感心していると、弁論部の山崎部長がやってきて、「島田さん、私にも見せて。あれからだいぶ上手になっているんでしょう」

と言うからまた演じた。演じ終わった頃に、一年生の栗原さんがやってきた。

「先輩、南京玉すだれ、だいぶうまくなったんですって。私にも見せてください」

「もう何回もやったから勘弁してよ」

すると、「私だけ見せてもらえないんですか」とフグのように口を膨らませ

るので、また演じた。

その後も「島田、お前南京玉すだれができるんてや」と言って、弁論部とはまったく関係ない同級生が生徒相談室に押しかけてきて実演をせがむ。まあ練習だからと演じてはみたものの、何回も同じ芸を見せられる中島先生らはたまったものではない。演じている昭のほうもだんだんと恥ずかしくなり、最後は恥ずかしくてお互いの顔を見ることすらできなかった。

「島田君、何回も見てるとお互い恥ずかしいね。本番の日は知り合いと思われるのも恥ずかしいので、柳井まつりには見に行かないからね」

中島先生がうつむきながら言った。

「いや、そりゃ、先生。こっちも恥ずかしいですから、祭りの本番の日は見に来ないでください」

と昭もお願いした。

「ところで、昔買った本の中にこんなのがあったんだが、参考になるかな」

中島先生が机の中から一冊の本を取り出した。その本のタイトルは『大道芸口上集』。目次を見ると、

「昔の縁日」「大道易者ろくま」「ガマの油売り」「万年筆売り」「泣き売り」「どじょう」「ガセミツ」「見世物」「バナナの叩き売り」「安売り屋」「健康食品売り」「護身術」「行者」「婆さん売り」「人間ポンプ」「サーカス」「因果もの」「お化け屋敷」「覗きからくり」「演歌師」「百貨売り」「石立ての術」「青竹割り」「画竜点睛」「記憶術」「防犯」「紳士の泣き売」「神霊あぶり出し」「蛇精売り」「家相」「ドロ万」「タグリ」「スターインク消し」「電池再生液」「唐辛子売り」「バナちゃん節」「チャモのサッサ売り」「新郎新婦叩き売り」

など、実にさまざまな大道芸が掲載されていた。

「これにはたしかテープもついていたので、島田君聞いてみますか。たしか南京玉すだれの口上もあったと思いますが」

と中島先生が言ってくれたので、昭は本とテープを借りて帰った。

昭は、『大道芸口上集』を夢中で読んだ。そこには、昭のまったく知らない世界があった。その中でも特に「演歌師」には魅力を感じた。その本によると、演歌が始まったのは明治の初期から中頃のことで、当時、自由民権運動を展開していた壮士と呼ばれる人たちが、相次ぐ明治政府の弾圧によって演説による政治活動ができなくなり、なんとか演説に替わるいい方法はないものかと考え出したのが、演歌による主義主張の展開であった。これが演歌の始まりで、演説風に唄ったから「演歌」となった。したがって、演歌師の唄い方にも、その名残があり、音楽的というよりも、熱血、情感をほとばしらせるように唄いこむのもそのためだそうだ。

代表的な演歌としては、「オッペケペー節」と「ダイナマイト・ドン」がある。

「オッペケペー節」

オッペケペー　オッペケペー
オッペケペッポー　ペッポッポー
権利幸福きらいな人に　自由湯《とう》をば飲ましたい
オッペケペ　オッペケペ　オッペケペッポーペッポッポー
堅い裃《かみしも》かどとれて　マンテルズボンに人力車
粋な束髪《そくはつ》ボンネット　貴女《きじょ》に紳士の扮装《いでたち》で
うわべの飾りはよけれども　政治の思想が欠乏だ
天地の真理がわからない　ホラ　心に自由の種をまけ
オッペケペー　オッペケペー

オッペケペッポー　ペッポーポー

「ダイナマイト・ドン」

民権論者の　涙の雨で
みがき上げたる大和胆《やまとぎも》
国利民福増進して
民力休養せ
もしも成らなきゃ　ダイナマイト・ドン

「ダイナマイト・ドン」とは、実に物騒な歌である。言うことを聞かなかったらダイナマイトでぶっ飛ばすぞ、という過激な内容ではあるが、当時の壮士の心意気が伝わってくる歌詞である。

しかし、このように誕生した演歌も、時移り、明治政権の安定期に入ると、主義主張は次第に影をひそめ、やがて風俗中心の歌にとって代わる。千葉で心中が起これば「千葉心中」、明石で心中があれば「明石心中」というように、歌う週刊誌の役割を背負うようになった。明治も終わり頃になると「金色夜叉の唄」が流行《はや》り、「ラメチャンタラ　ギッチョンチョンデ　パイノパイノパイパリコトパナナデ　フライフライフライ」という合いの手で知られる「東京節」は有名だ。

しかし、演歌は、ラジオ放送やレコードにすっかりお株を奪われ、大道の花形歌手だった演歌師も姿を消したが、この流れに敢然と立ち向かうかのように登場したのが、のちに国会議員にまでなった石田一松さんだ。「のんきな父さん」を元歌に、痛烈な時代風刺の演歌を発表し、たちまち芸能界の風雲児として活躍した。

「のんきな父さん」

お相撲やレスリングなんぞは
高い入場料をとられるに
国会の茶番劇だきゃ無料《ただ》見せる
道理で税金高くつく
ハハ　のんきだね

むかし廓《くるわ》で一番稼ぐのを
御飾《おしょく》女郎衆といいました
今も議員さんで一番稼ぐのを
汚職議員と申します
ハハ　のんきだね

昭は、この「のんきな父さん」の歌詞を見て、これは使える、と思った。アマンドのマスターの更科さんが、何かもう一つ芸があったらやってほしいと言っていたのを思い出した。昭和の初期の唄なのに、現在にもぴったり当てはまる。政治献金問題で逮捕されたり、秘書の給与を流用して議員を辞任したりする国会議員のなんと多いことか。

ただし、この演歌をやるには、一つの問題があった。それは、石田一松さんの演歌は、バイオリン演歌なのである。バイオリンで伴奏しながら、替え歌を歌う、というのが基本スタイルになっていた。ギターなら中学生の頃から弾いているが、バイオリンは触ったこともない。しかし、やってみたい。いったいどうすればいいのだろうか。バイオリンという楽器は、素人が弾こうと思っても、最初は音が出ない、という話だ。

生徒相談室に集まった際、このことをみんなに話すと、山崎部長が言ってくれた。

「それなら私のバイオリンを使ってください」

「でもねえ、いっぺんも弾いたことがないけえ」

「河田《かわだ》先生の所へ習いに行ったら丁寧に教えてくれますよ」

そう言うので、その次の日曜日、河田先生に電話をしてみた。

「大道芸でバイオリンを弾きたいと思うのですが、教えてもらえるでしょうか」

「大道芸でやるから教えてくれというのはあなたが初めてだが、私も嫌いではないので一度来てみてください」

色よい返事をもらったので、早速、山崎部長からバイオリンを借り、柳井市中央公民館の近くにある河田先生の家に行った。道路側から見ると、「河田音楽教室」という大きな看板が普通の民家に掛かっていた。その看板には、なぜか「カッパの会事務局」という文字もあった。

道路から裏側に回り、玄関で声をかけると、ボサボサ頭で、体型がまるでぬいぐるみのような河田先生が出てきた。さあ、どうぞと、促されてついていくと、カッパの会事務局の看板が掛かっていたプレハブの部屋がレッスン室だった。ピアノやバイオリンがきれいに整頓され、狭いはずの部屋が広く見えた。

「ちょっとバイオリンを見せてください」と言われたので、山崎部長から借りてきたバイオリンを見せた。

「なかなかいいバイオリンですね」とほめられた。

「本番の柳井まつりまでは、あと一週間しかありませんので、まあ、来年の祭りに間に合えばいいくらいに考えているんですが」

と昭が言うと、

「あらま、来年と言わず、今度の柳井まつりでやっちゃったらいいではありませんか」

河田先生に言われたが、さすがの昭にもそれが無理なことはわかっていた。

「何せ、初めて弾くんですからねえ。音も出るかどうか、わからないし」と言って、テープに吹き込んできた「のんきな父さん」を聞いてもらった。

二、三度テープを聴くと、「ああ、こうでしょうねえ」と言って河田先生がバイオリンでのんきな父さんの曲を弾いた。さすがはプロである。

「はは、のんきだね、のところだけをバイオリンで弾いて、あとはちょっとキッキと弾くぐらいのほうが、聞いているほうは歌詞がよくわかるんじゃないですかね」とアドバイスをしてくれた。

「でも、バイオリンは最初は音が出ないと聞いてきましたので、無理でしょう」

「まあ、とにかく構えてみてください」と言われたので、見よう見まねでバイオリンを構えると、

「なかなか決まっていますよ。とても初めてとは思えませんね」

河田先生はさも感心したように昭を褒めた。

「えっ、そうですかあ」と昭の気分も悪くない。弓に松脂《まつやに》をたっぷりつけて弦に乗せ、恐る恐る弾くと「キー」という音が出た。

「うわあ、きれいな音が出ましたね。とても初めてとは思えませんね。この分だと、今度の柳井まつりでも充分できますよ」と、河田先生は（本当ですとも、あなたには才能があります）という意思を思い切り込めた笑顔で昭に言った。

「そうすると先生。最初にキキキキッキキキー（ハハ　のんきだねー）と弾いて、あとは途中でキッ、キッと開放弦を弾けば、なんとか格好になりますよね」

調子に乗った昭は、

「ちょっとやってみましょう」

と言って、のんきな父さんを演奏し始めた。最初は、キキキッキキキーと前奏を弾き、

「むかし廓で一番稼ぐのを御飾女郎衆といいました（キッキキー）、今も議員さんで一番稼ぐのを（キッキッキー）汚職議員と申します、ハハ　のんきだね

ー（キキキッキキキー）」

あらま。できちゃった。

「いやあ、島田君はすごいねえ。たった一回しかコツを教えていないのに、もうマスターしちゃいましたね。あなたは天才かもしれませんね」とおだてられ、木に登った豚は、ついに空を飛んだ。


河田先生の家から帰る途中、昭は白壁通りでギターの先生である柳井音楽学校の古川校長とばったり出会った。昭がバイオリンのハードケースを持っているのを見た古川先生が、聞いてきた。

「島田君、今度はバイオリンを習うのかね」

「実は柳井まつりでバイオリン演歌をやろうと思っているんです」

「それは面白いところに目をつけたのう、ほいじゃが、どうせやるんじゃったら、帽子はカンカン帽でやらんにゃつまらん。あれがあったら、みんなびっくりするで」とけしかけられた。

更科さんに言うと、それなら帽子屋の秋田君に聞いたらわかるで、と言うので、秋田さんに聞くと、「四国に一人だけ作る人がいたが、もう亡くなって、今は作る人がいない」という返事だった。仕方なく、安物のクラッシャーハットで代用することにした。

古川校長が「演歌師の衣装も揃えんにゃつまらんで」と言うので、白緒の高下駄を商店街の履物屋さんに借り、袴と着物は汽船会社で借りることにした。「南京玉すだれ」と「明治時代の演歌」と「昭和初期のバイオリン演歌」。これだけやれば、柳井まつりも盛り上がるだろう。期待と希望で昭の気分は空を自由に飛び回る雲のように軽くなった。

本番の柳井まつりまで、あと三日と迫った夕方、アマンドに行くと、更科さんが、

「島田君、ちょうどよかった。当日のスケジュールができたけえ、目を通しておいてよ」

と言うのでスケジュール表を見て昭はびっくりした。正午から午後一時までが大道芸のコーナーになっている。持ち時間が一時間もあるではないか。

南京玉すだれは、どんなにアドリブで引き伸ばしたとしても二十分が限度である。演歌は十分くらいのものであろう。あとの三十分はいったいどうするのか。更科さんに聞くと「あと一人、出演する」というので安心しかけたが、不安がよぎり、聞いてみた。

「その人の持ち時間はどれくらいですか」

「うーん、歌を一曲歌うだけじゃけえ、五分くらいかな」

「えっ⁉ そんな短いんですか！ じゃあ、残りの二十分余りの時間はどうす

るんですか」

「そりゃあ、島田君がやってくれんにゃあいけん」

「はあ?」と、思わず不良が逆ギレした時に使うような口調で昭は聞き返した。フルマラソンを走り、やっとゴールしたかと思ったら、本当のゴールはあと十キロ先だと言われた時のような、徹夜で勉強して期末テストに臨んだのに先生からテスト範囲が実はあと十ページもあったことをその朝知らされたような、もっと簡単に言うと「だまされた」と思った。脳みそが爆発しそうだった。

「このうえ、いったい何をやれちゅうんか」

一瞬途方にくれた昭だったが、騙されたショックより、南京玉すだれを覚え、演歌を唄えるようになった喜びのほうが強く、こんなチャンスは二度とない。何をやるかを考えるのではなく、何ができるかを真剣に考えようと思い直した。

家に帰って眠ろうと思っても、頭が冴えて眠れない。フォークギターで替え歌を歌ってもいいが、それでは芸がない。

「そうだ、大道芸口上集の中で何かできるものがあるはずだ」と思い、ベッドから飛び起きて本を開いた。
祭りを盛り上げるにはバナナの叩き売りがいい。しかし、関東流はアドリブが多く、覚える時間がない。九州の門司にはバナナの叩き売りの学校があるそうだが、通う時間も金もない。そこで口上集に載っている「バナちゃん節」を覚えることにした。

春は三月春雨に
弥生のお空に桜散る
奥州仙台伊達公が
なぜにバナちゃん惚れなんだ
バナちゃん因縁聞かそうか

生まれは台湾台中の
阿里《あり》山麓《さんろく》の片田舎
土人の娘に見初められ
ぽっと色気のさすうちに
国定忠治じゃないけれど
一房二房もぎとられ
唐丸籠《とうまるかご》に詰められて
阿里山麓をあとにして
ガタゴトお汽車に揺すられて
着いたところがキールン港
キールン港を船出して
金波銀波の浪を越え
海原遠き船の旅

さては南京玉すだれ

艱難辛苦のあかつきに
ようやく着いたが門司港
門司は九州の大都会
門司の港で検査され
一等二等とある中で
私のバナちゃん一等よ
仲仕の声も勇ましく
エンヤラどっこい掛け声で
問屋の室《むろ》に入れられて
夏は氷で冷やされて
冬はタドンで蒸されて
八十何度の高熱で
黄色のお色気ついたころ

バナナ市場へ持ち出され
一房なんぼの叩き売り
さあさ、買うた買うた、六百円だ！

昭は、この「バナナちゃん節」を一日で覚えた。いくら文科系で英語や国語が好きとは言っても、これだけの分量の口上を覚えるには骨が折れた。二、三行ずつ覚えては、また次の二、三行を覚えた。頭全体からプシューと真っ白い蒸気が出るようだった。こんなに集中して暗記したのは、生まれて初めてだ。ここまでは覚えた。我ながらよくやった。悔いはない。あとは本番出たとこ勝負だ、と昭は開き直った。

翌日、昭はアマンドへ行き、更科さんに告げた。
「最後の芸はバナナの叩き売りにしたいと思います」

「あんたあ、バナナができるんかね。そりゃあええ。一番盛り上がるで。バナナはどのくらい用意したらええじゃろうか」という話になり、「一万円分くらいでどうでしょうか」と昭は言ったが、

「予算があるけえ、二万円分バナナを用意しようや、よっしゃ、決まった」

「それと、バナナの収益はチャリティーにして、どこかの施設に寄付したらどうでしょうか」

と昭が提案すると、

「それはいい考えだ。寸劇も投げ銭にして、大道芸などの出し物で集まった金は全部福祉施設に寄付しよう」

ということになった。


そして、というか、ついに、というか、十一月二十三日の柳井まつりの当日

はやってきた。

十二月も近いというのに、日差しは暖かく、頬に当たる風だけがひんやりとさわやかだった。午前九時すぎ、ＪＲ柳井駅前の麗都路通りに到着。通りの入口は、歩行者天国にすべく、すでに警備員が立っていた。昭は、衣装の着替え場所になっている旧サンプラザ商店街の空き店舗に向かった。

階段を上りかけると、すでに侍や町娘の姿に変身した人たちが下りてくるところだった。

「島田君、今日は頑張ってね」

と声をかけてきたのはマドンナの殿山美佐子だった。殿山は、商家のお嬢さん役。着物を着て、かつらもちゃんとつけていた。あでやかな着物と、典型的な日本美人の顔立ちがマッチし、時代劇に出てくるお嬢様そのものだった。

「お願いねっ」

殿山は昭の右手を両手で包むようにして握った。昭の心臓は石炭を一度にたくさん放り込まれた蒸気機関のように喘ぎ、「ポッポー」と警笛を鳴らした。

続いて、弁論部の山崎部長と一年生の栗原さんが町娘の格好で下りてきた。

「先輩、ご苦労様です。今日は張り切っていきましょう」

と栗原さんは元気いっぱいだ。栗原さんは、殿山に比べれば地味な衣装であったが、薄く化粧をし、クリッとした目が愛らしかった。「ちょっとかわいいんでないかい」と北海道弁で昭は思った。これまで部室で何度も会っているのに、じっくりと顔を見たことはなかったような気がした。

着替え用の部屋に入ると、中は衣装でいっぱいだった。

「すみません、玉すだれの衣装に着替えたいんですが」

と言うと、これまで一度も見たことがないスタイリスト風のお姉さんが、あ、これかな、と言って衣装箱から衣装を取り出した。「着物の着方、わかる？」

と聞かれたので、「わかりません」と言うと、その女性は、ふうっ、とため息を一つついた。

「それじゃあ、こっちに来て、着ているもの脱いじゃってくれる」と言われたので昭がズボンを下げようとすると、「ズボンはまだ脱がなくてもいい」と言われた。

昭が上半身裸になり、青の縞柄の着物を着ると、

「はい、じゃあズボンを脱いで、自分でたっつけ袴を穿いてくれる」

群青色の四角の紋が入ったたっつけ袴を差し出した。自分で穿いてくれる、と言われても、生まれてこの方一度も身につけたことがないので穿き方がわからない。

「どうすればいいんですか」

と聞くと、お姉さんは、今度は、はあっ、と言って天井を見上げた。

衣装は、このほかに紫色の投げ頭巾と橙色の袖なし半纏があった。私服から衣装に着替えると、気持ちまでもが日常を離れ、本当の大道芸人になったよう

な気がした。

「はい、衣装を着た人はこっちへ来て」

今度はヘアメイク風のお姉さんに言われて振り向くと、三面鏡と椅子が用意してあるメイクコーナーがあった。

「はい、それじゃあ、お化粧をしましょうか」

と椅子に座らされ、こってりと白粉を顔に塗られた。ワンポイントもつけておきましょうね、と頬に薄いピンクの頬紅を塗られた。

「はいっ、完成！」

昭は目の前にある鏡を覗き込んだ。そこには、これまで見たことのない、まったく別の自分が映っていた。こりゃ、自分が見ても誰だかわからんわ。これくらい化けると、人前でも恥ずかしくない。思いきった実演ができそうだ。

着替えとメイクが終わった昭は、会場になっている白壁通りへ向かった。途中、数人の知人と出会ったが、誰一人昭に気づく者はいなかった。

「島田！」

声をかけてきたのは、すでに番頭姿に着替えていた古山だ。古山は、町人風の地味な衣装だが、かつらをかぶった姿は、なかなかの男前に見える。

白壁通りの舞台前に行くと、寸劇のメンバーがほとんど集まっている。アマンドのマスターの更科さんは、悪徳商人の役。かつらをかぶり、口と目の周りを黒く塗った人相は、悪役そのものだ。古山の番頭と、殿山のお嬢さんとはいいなずけという設定もあるせいか、昭には古山の殿山に対する態度が妙に馴れ馴れしいように思えた。

柳井市の白壁通りは、国の重要伝統的建造物群保存地区に選定されており、真っ白に塗られた厚い壁の内側では、現在も町の人が生活している。柳井市は、江戸時代には岩国吉川《きっかわ》藩のお納戸として栄え、油問屋などの大商人がたくさんいた商都だった。大型店が駅の南側に出店したため、駅北の商店街はさびれたものの、買い物客の吸引率は山口県下でも一、二位を争っていた。

柳井まつりは、駅北地区の全域を使って行われる。子供みこしや花笠踊りは毎年の定番企画。そこに商店街が「白壁江戸まつり」を企画した。白壁通りには、福祉関係の出店や飲食コーナーのほかに、商店街の「矢場」や「手裏剣投げコーナー」などがある。そして、通りの入口付近に舞台が作られていた。

昭が通りを歩いてみると、侍や岡引《おかっぴき》姿の商店街関係者がビールを持ってうろうろ。親子連れは通りに出店しているフリーマーケットで品定めをしていた。

突然、背後で鉦《かね》と太鼓とクラリネットの音がしたので振り返ると、汽船会社の面々が仮装駅伝に参加するため、時代衣装を着てチンドン屋に扮し、何やら演奏しながら歩いてきた。チンドン太鼓を担いだ人の顔を見ると、真っ赤だった。

「いやあ、酒でも飲まんにゃあ、やっちゃあおれんよ。おっ、高校生大道芸人の島田君、今日は頑張ってよ」

とチンドン屋の一人に言われたが、顔のメイクが濃いため、昭には誰だかわからない。

「山内《やまうち》じゃ、山内。わからんかね」と言われ、その人が市内のシティホテルの支配人の山内さんだとわかった。

時間とは非情なものである。止めようにも止まらない。昭の出演時刻が迫ってきた。玉すだれを伸ばしたり、収めたりしてみたが、ドッ、ドッ、ドッと心臓は高鳴るばかり。

「大道芸は何時から始まるんですか」

と見物客から聞かれた。

「正午からです」

「もしかして、あんたが玉すだれをやってんですか。ほうほう、ほんなら楽しみに見させてもらいましょう。あともう少しですね」

と言われたので腕時計を見ると、すでに開演時刻五分前だ。それまでガラガラだった舞台の前に、観客が集まり始める。時代衣装を着た寸劇のメンバーも舞台の袖にたむろしている。突然あたりを見回している昭の視覚映像から音声が消えた。通りを歩く人々の様子が、昭にはスローモーションのように見える。

「さあ、次はいよいよお待ちかね。高校生大道芸人の島田昭君による南京玉すだれです。盛大な拍手をどうぞ！」

という司会の声で、昭に音声が戻った。

「さっ、島田君、お願いしますよ」

と促され、昭は舞台前の中央に玉すだれを持って立った。観客の好奇と期待の視線を感じ、頭の中が真っ白になった。

「近頃、京、大阪、花の大江戸、この柳井津にて流行り来たるは、唐人、阿蘭陀、南京無双玉すだれ。竹なる数は三十と六本、糸の数は七十と二結び、この竹と糸との張り合いを持ちまして、神通自在に操ってご覧にいれます」

頭の機能はまったく停止しているのに、前口上だけはスラスラと出た。実演

に入ろうと思って、マイクがないのに気がついた。ピンマイクはあるという話だったのに、いざ本番になると、

「用意しなくてもいいと言われましたので」

と、音響スタッフが言いわけした。

「それじゃあ、普通のマイクでもいいから貸してください」とは言ったものの、マイクを持ったまま実演はできない。

「先輩、私がマイク持ちます」

と言って、町娘の衣装を着た栗原さんが舞台の袖から飛び出てきた。

さあ、実演だ。

「アさて　アさて　アさてさてさてさて　さては南京玉すだれ。周防の東大畠名に負う鯛の漁どころ　ちょいと伸ばせば　ちょいと伸ばせば　浦島太郎さんの魚釣る竿にさも似たり　浦島太郎さんの魚釣る竿がお目に留まれば元へと返す」

郵 便 は が き

料金受取人払郵便

新宿局承認

5906

差出有効期間
平成29年7月
31日まで
(切手不要)

1 6 0 - 8 7 9 1

843

東京都新宿区新宿1－10－1

(株)文芸社

愛読者カード係 行

お名前《ふりがな》				明治 大正 昭和 平成 年生 歳
ご住所《ふりがな》	□□□-□□□□			性別 男・女
お電話番号	(書籍ご注文の際に必要です)	ご職業		
E-mail				
ご購読雑誌(複数可)			ご購読新聞 新聞	

最近読んでおもしろかった本や今後、とりあげてほしいテーマをお教えください。

ご自分の研究成果や経験、お考え等を出版してみたいというお気持ちはありますか。

ある　　ない　　内容・テーマ(　　　　　　　　　　　　　　　　)

現在完成した作品をお持ちですか。

ある　　ない　　ジャンル・原稿量(　　　　　　　　　　　　　　　　)

書　名				
お買上 書　店	都道 府県	市区 郡	書店名	書店
			ご購入日	年　月　日

本書をどこでお知りになりましたか?

1.書店店頭　2.知人にすすめられて　3.インターネット(サイト名　　　)

4.DMハガキ　5.広告、記事を見て(新聞、雑誌名　　　)

上の質問に関連して、ご購入の決め手となったのは?

1.タイトル　2.著者　3.内容　4.カバーデザイン　5.帯

その他ご自由にお書きください。

(　　　)

本書についてのご意見、ご感想をお聞かせください。

①内容について

②カバー、タイトル、帯について

弊社Webサイトからもご意見、ご感想をお寄せいただけます。

ご協力ありがとうございました。

※お寄せいただいたご意見、ご感想は新聞広告等で匿名にて使わせていただくことがあります。

※お客様の個人情報は、小社からの連絡のみに使用します。社外に提供することは一切ありません。

■書籍のご注文は、お近くの書店または、ブックサービス(0120-29-9625)、セブンネットショッピング(http://www.7netshopping.jp/)にお申し込み下さい。

　なかなか順調な滑り出し。

「アさて　アさて　アさてさてさてさて　さては南京玉すだれ。ちょいと伸ばせば　ちょいと伸ばせば」のあとにテーブルの上に置いていたウルトラマンのかぶり物をかぶって「ウルトラマンのスペシウム光線に早変わり」。

　おお、ウルトラマンじゃ、という声が観客から聞こえる。頭の中の映像回路が、何も見えない真っ白から白黒、白黒からカラーへと回復してきた。

「アさて　アさて　アさてさてさてさて　さては南京玉すだれ。ちょいと伸ばせば　ちょいと伸ばせば　大畠の鯛にさも似たり　大畠の鯛がお目に留まれば東京タワーに早変わり　東京タワーがお目に留まれば元へと返す」

　何回やっても成功の確率が低かった魚が、完璧にできた。このあたりから、余裕が出てきて、昭は観客のほうを見渡すことができるようになった。マドンナの殿山が見ている。こいつのお陰でこんな目に遭っているんだから当然か。ありゃま、生徒相談室の中島先生が列の一番後ろのほうで見ているではないか。

げっ、写真まで撮っている。慣れてくると、自分を見ている一人ひとりが手に取るようにはっきりと識別できた。

「アさて　アさて　アさてさてさてさて　さては南京玉すだれ。ちょいと返せば　ちょいと返せば　日米国旗に早変わり　日米国旗がお目に留まれば　しだれ柳に早変わり　しだれ柳に飛びつくカエル　カエルいないがお慰み　アさて　アさて　アさてさてさてさて　さては南京玉すだれ」

最後の難関の「日米国旗」から「しだれ柳」も一発で決まった。

「本日はそぞろ歩きの似合う町、柳井へようこそおいでいただきました。市長、市民に成り代わりまして御礼を申し上げます。おいでいただきました皆様方に柳の福をば分けて進ぜましょう。はああー」と言って、実演を終わった。

温かい、昭の心を包み込むような大きな拍手が観客の中から沸き起こった。

マイクを持ってくれた栗原さんも「先輩、すごいですね。やりましたね」と興奮気味。

観客の一人が近寄ってきて、

「いやあ、面白かった。玉すだれは真似できるかもしれないが、あの口上の歯切れのよさは真似できんね」

とおだてた。空飛ぶ豚は、ついに宇宙旅行へでも旅立ったような気分になった。

しかし、ほっとしてはいられない。次はステージの上で演歌を披露しなければならない。着物を着替え、バイオリンを持ってステージに上がった。

「キキキッキキキー　むかし廓で一番稼ぐのを御飾女郎衆といいました　今も議員さんで一番稼ぐのを　汚職議員と申します　ハハ　のんきだねー。キキキッキキキー」

「たかが二万円　されど二万円　選挙違反にゃ違いない　柳井市議会解散して民意を問いなさい　もしもやらなきゃ　ダイナマイト・ドン」

昭は南京玉すだれですっかり度胸をつけた。演歌にアドリブを入れ、これも大成功。
次はいよいよバナナの叩き売りだ。ステージの前には、会議用のテーブルが二脚置かれ、その上に一房二十本以上ある房バナナ二万円分が山のように積まれた。何事が起こるのかと、観客が寄ってくる。待ってました、と昭は前口上を歌い始める。

春は三月春雨に
弥生のお空に桜散る
奥州仙台伊達公が
なぜにバナちゃん惚れなんだ
バナちゃん因縁聞かそうか
生まれは台湾台中の
阿里山麓の片田舎

土人の娘に見初められ
ぽっと色気のさすうちに
国定忠治じゃないけれど
一房二房もぎとられ
唐丸籠に詰められて
阿里山麓をあとにして
ガタゴトお汽車に揺すられて
着いたところがキールン港
キールン港を船出して
金波銀波の浪を越え
海原遠き船の旅
艱難辛苦のあかつきに
ようやく着いたが門司港

さては南京玉すだれ

門司は九州の大都会
門司の港で検査され
一等二等とある中で
私のバナちゃん一等よ
仲仕の声も勇ましく
エンヤラどっこい掛け声で
問屋の室に入れられて
夏は氷で冷やされて
冬はタドンで蒸されて
八十何度の高熱で
黄色のお色気ついたころ
バナナ市場へ持ち出され
一房なんぼの叩き売り

と、ここまで唄ってきて、昭は初めて自分が取り返しのつかない大失敗をしていたことに気づいた。こりゃ、いけん。昭が覚えたのは、「客寄せ口上」で、「売り口上」ではなかったのだ。客寄せ口上でお客を集めても、カンジンカナメの売り口上を覚えていなかった。いや、覚えていなかったというよりも、どれが売り口上なのか本を見てもわからなかったし、覚える時間もなかった。

絵に描いたような大失敗。客寄せ口上が終わり、お客が集まってくる。さあ、それでは売りましょうか、と売り口上を探したが、昭の頭脳のどの部分にも売り口上は記憶されていなかった。うず高く積まれた大量のバナナの前で沈黙する昭。観客のほうも、異変に気づき始める。

「早く売ってちょうだい」という声があちこちからかかる。

昭が途方に暮れていると、「おい、わしにもバナナを売らしてくれ」と、明らかに酒に酔ったおじさんが現れた。あんまりうるさく言うのでマイクを渡すと、おじさんは回らない舌で客寄せ口上を唄ったあげく、「さあさ、買うた、さあ、買うた」ばかりを連発したが、お客が誰も寄ってこないので「ええくそ、誰も買やあがらん」と舌打ちをしてどこかへ行ってしまった。

バナナの叩き売り成功の夢は破れ、会場は大安売りの果物屋に変わった。スーパーで買えば四百円以上する房バナナが百円でしか売れない。

「売り上げはチャリティーに回しますので」

と言っても無駄。近くのお医者の奥さんが来たので期待したが、その奥さんも、

「百円でいいんでしょう」

と百円玉を箱の中に投げ入れてバナナを強奪していった。

しかし、失敗はしたものの、昭は自分を責める気にはならなかった。たった一日で、よく客寄せ口上だけでも覚えたものだ。自分で自分を褒めてやりたかった。

「島田君、そっちが終わったら、ポシェットパーク（柳井川ほとりの公園）でも南京玉すだれをやってもらえんかね」

と更科さんが言うので、昭は玉すだれと投げ銭用の箱を持って公園に向かった。観客との距離が近いためマイクは必要ない。人数こそ少なかったが、玉すだれが終わると、観客が投げ銭箱を回してくれ、百円玉を何枚か投げ入れてくれた。

大道芸が終わると、今度は寸劇「水戸黄門」のナレーター役が待っている。大忙しだ。

「ある日、光圀公が江戸市中を歩いていたところ、後ろ手に縛られた若者が役人に引き立てられてきた。光圀がその若者はどのような罪を犯したのか聞くと、その若者は板前で、誤って犬を刺し殺してしまい、これから死罪になるという。光圀は、ちょっと待て。絶対にその若者を殺してはなりませんぞ、と言い置いて江戸城に登城し、将軍綱吉に桐の箱に入った贈り物をした。綱吉が喜んで箱を開けると、その中にはなんと犬の生首が入っていたと申します。驚く綱吉公を、光圀は諄々と諭した、と言われております。もちろん、若者の命が救われたことは言うまでもございません。さあ、白壁一座の寸劇・水戸黄門漫遊記の始まり始まり。本日は吉川藩のお納戸柳井津にて、いかなる事件が起こりますことやら」

芝居の筋書きは、悪代官と悪徳商人が結託し、柳井津の大店《おおだな》を乗っ取り、私腹を肥やそうと思っていたところへ光圀一行が現れて悪者を退治する、というお決まりのパターンだったが、日頃よく知っている商店主らが出演するとあって、舞台の下の客席は満員の大盛況だった。

途中でセリフを忘れたり、まったく違うセリフをアドリブで入れたり、果ては酒を飲みすぎて呂律が回らない出演者もいたが、そういうシーンに限って観客は喜んだ。芝居の途中、光圀の計らいで悪者を退治したあと、お嬢さん役の殿山と恋人役の古山が手と手を取り合う場面は真に迫っていた。山崎部長と栗原さんの二人はほとんどセリフはなかったが、よく主役を引き立てた。

寸劇が終わると、白壁通りのイベントはすべて終了。午後三時を過ぎると、時おり吹く冷たい風が晩秋であることを思い出させた。

「古山、山崎部長、栗原さん、ご苦労さん。寸劇もけっこうウケてたよ」

昭が声をかけると、

「先輩の大道芸もかっこよかったですよ」

と栗原さんが昭のほうに駆け寄ってきた。

「島田、今回は面倒くさいことに引き込んで悪かったな」

古山が頭を掻きながら言ってきた。

「いや、オレはお前に頼まれたからじゃなくて、殿山さんに頼まれたから」

「いや、ほいじゃけえ、すまん。実は、わしは殿山と付き合いよるんよ。殿山が、どうしてもメンバーが足りんと言うので、悪いとは思ったけど、お前のことを言うたら、ぜひお願いしたい、と言うたんじゃが、期末テストの真っ最中になるし、わしはよう頼まんと言うたら、自分で頼むから言うので、ほいじゃからすまん」

　と古山にしては珍しく殊勝な言い訳をした。

「馬鹿、気にするな。まさかお前、オレが殿山さんに惚れたけえ、協力したと思うちょるんじゃあるまいの。ぜんぜん違うで。玉すだれは前から興味があったし、いっぺんやってみたかったんよ。こっちがお礼を言いたいくらいじゃ。ほいじゃけど、本当に面白かった。今まで生きてきた中で一番楽しかったぜ。ところで、お前、期末テストがなんたら言うたな」

「お前があんまり大道芸に熱中してるんで言う暇がなかったんじゃが、明後日から期末テストが始まるのは知っちょったろうが」

「はああ、明後日から期末テスト？　誰が決めたんか。テスト発表はいつじゃったんか」

「お前がバナナの叩き売りの口上を覚えるから言うて、張りきっちょったあの前の日よ」

「馬鹿たれ、なんでそれを言うてくれんかったんか。オレは夢中になったらほかのことが目に入らんようになるくらいのことは、親友のお前が一番わかっちょるはずじゃないか」

「ほいじゃけえ、それも含めてすまん、言いよろうが。期末テストとわかったら、お前大道芸できんかったろう」

「そりゃあ、そうじゃが、来春には大学受験があるんど」と古山に毒づいてみても、過ぎた日は帰ってこない。

「あーあ」

と大きくため息をついて空を見上げると、頭上には深くて青い空がどこまでも広がっていた。その空の広がりは、これまで昭を苦しめ続けてきた心の中の空洞を満たし、無意識の波間に沈めた。さわやかな一陣の涼風が、昭の心の中を駆け巡った。

一週間の停学処分にはなっているし、どうせ内申書じゃ勝負できないから、まあ、いいか。赤点を取らない程度に一夜漬けで頑張ろう、と昭は思った。

「島田君、古山君、ご苦労さん。あと片付けが済んだら、グランドホテルで打ち上げがあるから、必ず寄ってくれよ」という更科さんの誘いも受けることにした。


午後六時から始まる、と聞いていたので午後六時に行くと、すでに宴会は始まっていた。テーブルの上にはビール瓶が散乱していた。昭が会場に入るなり、

「おー、高校生大道芸人の島田昭君がやっと来たぞ。みんな、拍手！ 拍手！」

とアルコールで顔を真っ赤に染めた更科さんが昭を捕まえた。

「ようやったぞ、島田君。うん、ようやった。よし、ここでもう一度南京玉すだれをやって見せてくれ。よし、決まりじゃ」

なんとなくそのような予感のしていた昭は、玉すだれを持参していた。

「近頃、京、大阪、花の大江戸、この柳井津にて流行り来たるは、唐人、阿蘭陀、南京無双玉すだれ。竹なる数は三十と六本、糸の数は七十と二結び、この竹と糸との張り合いを持ちまして、神通自在に操ってご覧にいれます」

と、昭が前口上を言うと、うおー、という歓声が会場全体からあがり、昭の体に昼間の興奮が甦った。

「アさて　アさて　アさてさてさてさてさて　さては南京玉すだれ」

昭が唄うと、みんなも一緒になって口上を唄った。

「ちょいと伸ばせば　柳井名物の幽霊橋にさも似たり」

幽霊橋じゃ、幽霊橋じゃ、柳井名物じゃ、と大の大人がビール瓶を持って叫ぶ。

「ちょいと返せば　日米国旗に早変わり　日米国旗がお目に留まれば　しだれ柳に早変わり　しだれ柳に飛びつくカエル　カエルいないがお慰み。

本日はそぞろ歩きの似合う町、柳井へようこそおいでくださいました。市長、市民に成り代わりまして厚く御礼を申し上げます。おいでいただいた皆様方に、柳の福をば分けて進ぜましょう、だー！」

「ええぞ、ええぞ、柳の福をワシにも分けてくれ」

と言って玉すだれの先に飛びついてくるヨッパライもいた。

実演を終えて、高校生用のテーブルに行くと、殿山や古山、山崎部長、栗原さんらがウーロン茶やジュースを飲んでいた。昭が席に着くと、古山が両手を顔の前で合わせ、拝むようなポーズをするので、「気にするな」と声をかけた。

「島田君、ごめんね」と言って殿山がウーロン茶を昭のコップに注ごうとすると、

「ちょっと、あんたなんか、古山さんの隣に座っていればいいのよ。でしゃばらないで。私はね、本当に島田先輩が大好きなんだからね。島田先輩、どうぞ」

と言って、栗原さんが昭のコップにビールを注いだのにはびっくりした。

「ちょっと、栗原さん、ビールは駄目だよ」

と言っても、

「先輩、私が注ぐビールは飲めないんですか」

と開き直った。顔を見ると、真っ赤になっている。商店街の人にビールを勧められ、断れずに飲んだのかもしれない。こりゃあ、いけん。誰か、家に送っていかなけりゃあ、と騒いでいると、

「すまん、島田君。妹が迷惑をかけるね。妹はね、あんたのことが好きらしいんで」

「何を言うんね、お兄ちゃん。私は島田先輩がだーい好きよ。悪い？」

「悪くない、悪くない。それじゃ、ちょっと早いけど、妹を連れて帰るから、お先」

と言って、栗原さんのお兄さんがヨッパライの栗原さんを連れて帰った。

古山が、親指を立て、舌をぺろっと出して、

「ビンゴ！」

と言った。山崎部長は、「島田先輩って、案外鈍感なんですね」と言う。久しぶりに女の子のほうから告白された昭はとまどった。昭が、本当だろうか、と考え込んでいると、古山が、

「この幸せ者が。栗原さんがお前を好きだということを知らんのはお前だけぞ」

と言って昭の背中を叩いた。栗原さんは、オレのことを好きなのか。本当なのか。オレのことを好きだと言ってくれる人が、まだこの世にいたのか。むくむくと幸せの暖かい雲が心の中で膨張し、昭はじっとしていられなくなった。

「島田昭、南京玉すだれをやります！」と再び立ち上がった。

「さては南京玉すだれ」と唄い始めると、会場はまたまた熱気に包まれて南京玉すだれの大合唱が起こった。シュチニクリンではなく、アビキョウカンでも

ないダイカンキの宴会は果てしなく続いた。

一夜漬けで期末テストを乗りきった昭は、再び大学の受験勉強に戻った。英文解釈の問題集の横に、古山が栗原さんから預かってきた手紙があった。

「拝啓　島田先輩

受験勉強のお忙しいところ、先日の柳井まつりでは南京玉すだれ、ご苦労様でした。先輩の、何事にも真剣に取り組む姿勢を見て、またまた先輩のことが好きになりました。私が弁論部に入ったのは、島田先輩がいたからです。打ち上げの席では、ビールを飲んで大変ご迷惑をおかけしました。島田先輩は、ビールを飲んで学校を停学になったことがあると聞き、私もビールを飲んでみようと思ったのです。それと、アルコールの力を借りたら先輩に自分の気持ちを伝えることができるかもしれないと思ったからです。本当にご心配をおかけしました。
あと二ヶ月もすれば私立大学の受験が始まりますね。先輩は東京の私立大学を受験するそうですね。無事、志望校に合格されることを祈っています。でも、合格すると、先輩は来年の四月には東京に行ってしまうんですよね。それを思うと、心が千切れそうになるので、私はできるだけ考えないようにしています。受験勉強、頑張ってください。うんと応援しています。
栗原和子」

栗原さんの手紙を読み、昭はすぐに返事を書いた。

「前略
手紙、読みました。僕のような男を好きになってくれる女の子がまだこの世界にいたことを知って、本当にうれしく思いました。こんな僕でよかったら、ぜひ付き合ってください。今日の放課後、午後四時に、駅裏の喫茶店で待っています。

島田昭」

書いた手紙は再び古山に託し、栗原さんに届けてもらった。午後四時前に喫茶店に行くと、栗原さんは昭よりも先に店に来て待っていた。栗原さんは、時おり腕時計を見ながら、うれしそうにうつむいては笑っている。店内に入った昭が、なんと言って声をかけようか迷っていると、栗原さんのほうが昭に気付き、「島田先輩、こっちです」と声をかけてくれた。コーヒーとケーキのセットを注文し、昭は栗原さんの向かいの席に座った。しばらく沈黙のあと、

「あっ、あの、柳井まつり、面白かったね」

と昭が言うと、

「先輩の南京玉すだれ、とってもかっこよかったです」
と栗原さんが応えた。うふふ、と春に咲く満開の菜の花のような麗らかな笑みを浮かべる栗原さんを見て、今こうして彼女と一緒に過ごしている時間がずっと止まっていればいいのに、と昭は思った。

了

この物語はフィクションであり、実在する個人・組織等とは一切関係ありません。

著者プロフィール
三島 好雄（みしま よしお）
昭和31年10月22日生まれ、山口県出身、山口県在住
山口県立柳井高等学校卒業
東洋大学法学部法律学科卒業
大道芸人、風鈴亭独楽助として活躍
柳井市議会建設経済常任委員会委員長（公明党）
株式会社柳井日日新聞社報道部長
柳井アートアンドパフォーマンスクラブ代表
周防ケーブルネットレポーター
柳井市ふるさと観光大使
快人 金魚ちょうちんマン（柳井市非公認キャラクター）としても活動している

さては南京玉すだれ

2015年10月15日　初版第1刷発行

著　者　三島 好雄
発行者　瓜谷 綱延
発行所　株式会社文芸社
〒160-0022　東京都新宿区新宿1-10-1
電話 03-5369-3060（編集）
03-5369-2299（販売）

印刷所　株式会社フクイン

ISBN978-4-286-16676-6